Le petit lynx orphelin

Susan Hughes

Illustrations de Heather Graham
Texte français de Sylvie Pesme

Éditions SCHOLASTIC

Catalogage avant publication de la Bibliothèque nationale du Canada

Hughes, Susan, 1960-
[Bobcat rescue. Français]
Le petit lynx orphelin / Susan Hughes ; illustrations de Heather Graham ;
texte français de Sylvie Pesme.

(Animaux secours)

Traduction de: Bobcat rescue.

Publ. à l'origine 2003.

ISBN 978-0-545-98526-0

I. Graham, Heather, 1959-   II. Pesme, Sylvie   III. Titre.

IV. Collection : Hughes, Susan, 1960- . Animaux secours.

PS8565.U42B6214 2009   jC813'.54   C2009-901180-8

ISBN 10 0-545-98526-9

Édition publiée par les Éditions Scholastic, 604, rue King Ouest,
Toronto (Ontario) M5V 1E1 CANADA.

7 6 5 4 3 2 1   Imprimé au Canada   09 10 11 12 13 14

À ma chère fille Sophie

*Je voudrais remercier Evelyn Davis, bénévole au Wildlife
Education and Rehabilitation Center à Morgan Hill,
en Californie, qui m'a fourni des informations détaillées
sur les « mamans d'adoption » costumées, la méthode innovatrice
qu'utilise le centre pour élever des bébés lynx. Merci également
à Hope Swinimer, directrice du Eastern Shore Wildlife
Rehabilitation Centre à Seaforth, en Nouvelle-Écosse,
pour avoir accepté de relire mon manuscrit.*

Table des matières

Chapitre un

Demain l'école

Maxine Kearney soupire. Elle donne des coups de pied dans les cailloux du sentier forestier.

– Qu'est-ce qui ne va pas, Max? demande son jeune frère David.

Maxine et David font une randonnée avec leur grand-mère. Pour atteindre la forêt, ils n'ont parcouru qu'un court trajet en voiture, depuis leur nouvelle maison, au village de Maple Hill. Au début de leur promenade, David a vu un carouge à épaulettes et leur grand-mère leur a montré des fleurs, un cornouiller du Canada et un cypripède royal.

Mais Maxine est trop anxieuse pour apprécier

ces signes de l'été. Elle enfonce les mains dans les poches de son short et soupire une deuxième fois.

— Oh, tu sais, répond-elle. Je pense juste à l'école demain.

David hoche la tête. Il regarde sa sœur et pousse à son tour un énorme soupir. Maxine sourit. Elle sait qu'il fait ça pour qu'elle se sente mieux. En fait, il a vraiment hâte de finir sa deuxième année à leur nouvelle école, de rencontrer de nouveaux enfants et de se faire de nouveaux amis avant le début des vacances d'été.

— C'est dommage qu'on ait dû quitter la ville pour venir ici, ajoute David.

Il réussit plutôt bien à prendre une voix triste et déçue. Il donne même quelques coups de pied dans les cailloux, exactement comme sa sœur l'a fait. Maxine arrête de marcher. Elle met les mains sur les hanches et regarde David.

— Te rappelles-tu quand on a voté? demande-t-elle.

David hoche la tête. Leurs parents ont toujours voulu quitter la ville. Lorsqu'ils ont découvert le village de Maple Hill, il leur a semblé parfait. Mme Kearney pouvait garder le même emploi et M. Kearney pouvait trouver du travail dans la ville située juste au nord de Maple Hill. De plus, s'ils déménageaient à Maple Hill, ils pourraient avoir une maison. Il y aurait assez de place pour que leur grand-mère vienne vivre avec eux.

Leur grand-mère adore la campagne. Elle est toujours en train de lire des livres sur les habitants de la forêt, et elle aime marcher dans les bois et prendre des photos. Maxine adore les histoires d'animaux que sa grand-mère lui raconte. Celle-ci dit que Maxine semble aimer la nature autant qu'elle.

Maxine regarde le sentier. Sa grand-mère s'est arrêtée pour prendre une photo de jeunes bourgeons sur une branche.

— On a voté pour le déménagement, nous deux, non? lui rappelle Maxine.

— Oui, reconnaît David.

— Et c'est bien comme ça. Le village me plaît. Mais je m'inquiète pour l'école. Il ne reste que quelques semaines avant les vacances. Qu'est-ce qui va arriver si je ne me fais pas d'amis d'ici là? Je vais être… Je vais être toute seule tout l'été, finit Maxine en soupirant.

Elle se penche et ramasse quelques cailloux. Puis elle les lance, un à un, sur le chemin.

— Tous les enfants de ma classe se connaissent depuis des années! Ils n'ont probablement pas

3

envie d'avoir une nouvelle amie.

Les Kearney sont arrivés à Maple Hill depuis une semaine seulement, et les parents de Maxine et David leur ont dit qu'ils pouvaient attendre le lundi avant de reprendre l'école. Lundi, c'est demain, mais Maxine pense maintenant qu'elle aurait dû commencer l'école dès le premier jour de leur arrivée. Elle a l'estomac noué parce qu'elle est inquiète. Elle pense aux longs mois d'été qui s'annoncent. Va-t-elle pouvoir se faire de nouveaux amis à temps pour en profiter?

Maxine voit que David essaie de prendre un air contrarié, même s'il est excité de vivre dans un nouvel endroit, même si c'est presque l'été, sa période favorite de l'année, et même s'il aime rencontrer de nouveaux amis. David prend une mine triste. Il fronce les sourcils et croise les bras.

Maxine le regarde avec attention. Ses yeux bruns se mettent à briller. Elle voit bien que David essaie de ne pas rire.

— David, arrête, lui dit Maxine en souriant.

David essaie encore davantage d'avoir l'air sérieux. Maxine se met à rire.

— Tu adores ça, ici! lui rappelle-t-elle.

Maintenant, David montre son vrai visage. Il rayonne de joie.

— Tu adores les champs et l'air frais, s'écrie
Maxine.

— Eh bien, *toi*, tu adores explorer les sentiers
de la forêt! crie David.

— *Toi*, tu aimes notre nouvelle petite maison
dans notre rue calme!

— Et *toi*, tu aimes que grand-maman reste chez
nous! hurle David.

Avec un cri de joie, Maxine touche le bras de
David. Sa queue de cheval se balance derrière elle.

— Attrape-moi si tu peux! le défie-t-elle en se
mettant à courir entre les arbres.

C'est vrai, pense Maxine en courant. Elle aime
tous les aspects de cette nouvelle vie. Tout va bien
aller… si elle se fait des amis ici. C'est amusant de
se balader avec David, mais comme ça peut l'être
avec un petit frère. Ni plus ni moins.

Maxine a besoin d'une véritable amie, bien à
elle. Quelqu'un de son âge, qui aime les animaux
autant qu'elle, même si la pensée de se faire de
nouveaux amis l'effraie et même si Maxine
s'inquiète en se demandant si elle en est vraiment
capable. Elle sent sa gorge se serrer. Qu'est-ce qui
va arriver si personne ici ne l'aime?

Maxine continue à courir, traçant son propre
chemin dans la nature. Elle tourne et virevolte

autour des troncs d'arbres et saute de rocher en rocher. Elle va juste assez vite pour que David puisse la suivre, sans pouvoir la rattraper. Enfin, il n'y a plus de rochers et Maxine atteint une clairière. Elle la traverse en marchant, essoufflée, et s'arrête au pied d'une falaise rocheuse, parce qu'elle ne veut pas se perdre.

Elle se courbe en avant, les mains sur les genoux, en prenant de profondes inspirations. Puis, soudain, elle se redresse et écarquille les yeux.

– Qu'est-ce que c'est que ça? chuchote-t-elle.

Chapitre deux

Un son plaintif
dans les bois

— Touché! pouffe David en saisissant le bras de Maxine.

Il a finalement réussi à la rattraper. Maxine met un doigt sur ses lèvres.

— Chut! le prévient-elle.

Le frère et la sœur restent immobiles, en silence. Puis ils entendent tous deux un bruit faible.

Miaou, miaou, miaou.

Les deux enfants se regardent.

— Qu'est-ce que c'est? demande David doucement.

Maxine écoute attentivement.

– On dirait que c'est un chaton, dit-elle, stupéfaite. Mais ce n'est pas possible. Qu'est-ce qu'un chaton ferait ici, au milieu de nulle part? Il n'y a ni maison, ni ferme dans ces bois.

– Je crois que ça vient de là-bas, dit David.

Suivie de David, Maxine s'approche doucement d'un gros tas de rochers au pied de la falaise.

Miaou, miaou.

Le son devient plus fort et plus plaintif. Maxine sait qu'ils vont dans la bonne direction. Lorsqu'elle atteint les rochers, elle commence à les franchir en faisant très attention, en plaçant chaque pied juste au bon endroit. Glissant légèrement, elle doit s'agripper pour rétablir son équilibre.

Miaou, miaou.

Maxine s'arrête si brusquement que David la heurte.

– Désolé, dit-il.

Mais sa sœur ne l'écoute pas.

– Regarde, dit-elle en pointant le doigt.

Là, sous la corniche d'un rocher, il y a une petite forme qui bouge.

– Ooooh! s'attendrit David. Tu avais raison. C'est un chaton!

Ils s'approchent pour mieux voir. Maxine s'accroupit et regarde entre les rochers. Oui, ça ressemble bien à un chaton. Un très jeune chaton. Sa fourrure est brun orangé, avec de petites taches blanches et noires. Il a de larges pattes avec des petites griffes pointues. Il est blotti contre le rocher, mais sa tête tourne d'un côté et de l'autre lorsqu'il miaule.

—Regarde, ses yeux sont encore fermés! dit Maxine. Tu te rappelles lorsque Mathilda, la chatte d'Amanda, a eu des bébés? Eux aussi, à la naissance, avaient les yeux fermés!

— On dirait qu'il n'a pas d'oreilles, remarque David. Oh, oui, il en a! Regarde, elles sont collées à plat contre sa tête, comme celles d'un bébé phoque!

— Oh. Et regarde son petit nez orange et sa petite bouche triste, ajoute Maxine. Mais où est sa queue?

— Il est peut-être couché dessus, dit David.

— Pauvre petit, dit Maxine, attendrie. Qu'est-ce que tu fais par ici, perdu dans les rochers, au milieu des bois?

Maxine jette un regard autour d'elle. Il n'y a pas le moindre signe d'une maman chat.

— On devrait peut-être essayer de l'aider, dit Maxine.

Elle a hâte de toucher la fourrure douce du chaton. Elle veut absolument le prendre dans ses bras et le réconforter.

– Bonne idée, répond David. On peut le ramener à la maison et le nourrir.

Doucement, Maxine se penche en avant. Elle tend le bras vers l'ouverture entre les rochers. Mais juste à ce moment-là, elle entend « Arrête! ».

Chapitre trois

Triste nouvelle

C'est sa grand-mère, qui se tient à l'orée de la clairière en s'épongeant le front.

— Arrête! répète-t-elle.

— Mais grand-maman, on a trouvé un joli chaton… commence David.

Maxine regarde sa grand-mère qui se fraie un passage entre les rochers, puis s'arrête.

— Je ne peux pas m'approcher davantage, dit-elle, mais je crois que je peux l'apercevoir d'ici…

Elle tend un peu le cou vers l'endroit que lui montrent les enfants.

— Oh, je peux le voir, sourit-elle. Il est si petit. *Miaou, miaou, miaou.*

— Grand-maman, écoute! dit Maxine. Le chaton pleure encore! Il doit avoir vraiment faim! Pourquoi tu nous as dit d'arrêter? On ne peut pas le prendre?

Maxine ne peut plus supporter d'attendre. Elle peut déjà sentir le petit corps doux du chaton dans ses bras et imagine la petite figure pressée contre son visage.

— Je sais que tu veux l'aider, Max, dit sa grand-mère. Mais il y a des choses importantes que tu dois savoir. Surtout maintenant que nous vivons à la campagne, là où vivent aussi des animaux sauvages.

Maxine et David redescendent des rochers avec précaution pour entendre ce que leur grand-mère veut leur dire. Ils se perchent sur une grosse pierre tout près d'elle.

—D'abord, nous devons toujours essayer de penser à ce qui est bon pour l'animal, explique leur grand-mère. Les bébés animaux ou les oisillons qui sont seuls ne sont pas tous abandonnés. Parfois, leurs mamans doivent les laisser pour aller chercher de la nourriture. Elles ne peuvent pas être avec eux tout le temps.

Maxine hoche la tête. Sa grand-mère lui a déjà raconté des tas d'histoires là-dessus.

— Je sais : la maman s'occupe de son petit bien mieux qu'aucun être humain ne peut le faire, dit Maxine en souriant. Alors, peut-être que la maman du chaton va revenir et s'occuper de son bébé, après tout!

Miaou, miaou, miaou.

Maxine tourne la tête et regarde le chaton sans défense.

— Mais on ne peut pas le laisser là sans savoir si sa mère va revenir, dit Maxine en écartant les bras. Écoute-le miauler.

— C'est vrai, reconnaît sa grand-mère.

— Comment est-ce qu'on peut savoir si sa mère va revenir? demande Maxine.

Sa grand-mère se relève et époussette son pantalon.

— Pour savoir si un bébé a vraiment été abandonné, il faut souvent attendre plusieurs heures. C'est à peu près la durée pendant laquelle les mères peuvent s'éloigner de leurs petits.

— Alors, c'est ce qu'on va faire, décide Maxine. On va attendre ici jusqu'à ce que sa maman revienne.

— Bonne idée, approuve David.

Mais leur grand-mère regarde toujours en direction du chaton. Elle a une drôle d'expression, comme si quelque chose la faisait hésiter et qu'elle réfléchissait encore à la situation. Maxine en a un petit pincement à l'estomac.

— Qu'est-ce qu'il y a, grand-maman? demande-t-elle.

Sa grand-mère s'approche et leur prend les mains.

— J'ai entendu une triste nouvelle à la radio, ce matin. Une mère lynx a été tuée par une voiture sur une route près d'ici.

— Un lynx? répète David. Je ne savais pas qu'il y avait des lynx par ici!

— Moi non plus, dit sa grand-mère. Ce sont des animaux très discrets. Ils ne sortent habituellement que la nuit. On les aperçoit très rarement.

Maxine secoue la tête. C'est vrai que cette nouvelle est triste. Mais qu'est-ce qu'elle a à voir avec eux? À moins que…

— Et puis, grand-maman? demande Maxine en la regardant avec attention.

— La maman était accompagnée d'un bébé. Les responsables du service local de la faune pensent qu'elle était en train de transporter ses petits dans un lieu plus sûr. Elle trouvait peut-être qu'elle était trop proche des humains.

Sa grand-mère marque un temps d'arrêt.

— Le bébé a été tué, lui aussi.

— Oh, non! gémit Maxine.

— Mais la plupart des lynx donnent naissance à au moins deux petits, poursuit sa grand-mère. Donc, il serait très possible qu'il y ait un autre bébé lynx par ici. S'il y en a un, ajoute-t-elle en serrant la main de Maxine, il a probablement faim et froid, et il est en train d'appeler sa mère.

Maxine regarde en direction des rochers. Puis elle regarde de nouveau sa grand-mère, les yeux écarquillés.

Alors, ce ne serait pas un chaton?

Chapitre quatre

Touffi

— Est-ce que tu penses que... que ce chaton est un bébé lynx? demande Maxine.

– Quoi? s'exclame David en les regardant l'une et l'autre. Mais *c'est* un chaton. C'est le bébé d'un chat domestique... non?

Sa grand-mère met doucement les mains sur les épaules du petit garçon.

– Je crois que Max a raison. Je crois que vous avez trouvé l'autre petit lynx. Max, je vois le chaton d'ici, mais pas très bien. Approche-toi et regarde-le de plus près. Dis-moi à quoi ressemble sa queue.

Maxine s'empresse de retourner près des rochers

et s'approche autant qu'elle peut de l'ouverture.
Puis elle s'accroupit.

Le petit animal fronce sa face et recommence
à miauler. Maxine le regarde avec attention.
Le chaton n'est pas couché sur sa queue,
contrairement à ce qu'a cru David.

— Sa queue est vraiment courte, crie Maxine
par-dessus son épaule.

Sa grand-mère hoche la tête.

— Les lynx ont la queue courte, dit-elle.

Alors, ce doit être un bébé lynx, se dit Maxine.
Un chaton lynx! Les questions se bousculent dans sa
tête. Mais elle pose d'abord les plus importantes.

— Est-ce qu'on devrait l'aider, grand-maman?
demande-t-elle avec une mine suppliante. Est-ce
que je peux le prendre?

— Je pense qu'il faudrait d'abord qu'on soit
absolument certains, dit sa grand-mère. Il faut
voir ce qui est le mieux pour ce chaton.

Elle fait glisser son sac à dos de ses épaules.
Elle y prend un crayon et ouvre un petit carnet.
Elle sort ensuite son téléphone cellulaire et appuie
sur quelques touches.

— Puis-je avoir le numéro de la clinique
vétérinaire de Maple Hill, s'il vous plaît?

Elle note un numéro de téléphone, puis

appuie sur d'autres touches.

Pendant qu'elle parle, Maxine ne détache pas ses yeux du petit chaton. Elle entend sa grand-mère le décrire : ses yeux fermés, sa fourrure brun orangé, sa queue très courte.

— Merci, docteur Sweeny, dit-elle enfin. Oui, je comprends. Au revoir.

Puis elle se tourne vers les enfants.

— C'est bien ce que je pensais, explique-t-elle tristement, pendant que Maxine redescend des rochers avec précaution. Le Dr Sweeny s'y connaît bien en chiens et en chats, mais très peu en animaux sauvages. Mais, après avoir entendu ma description, il est certain qu'il s'agit d'un bébé lynx. Il a l'impression que c'est sa maman qui a été tuée. Il n'y a pas beaucoup de lynx, par ici.

Pendant un moment, personne ne prononce une parole. Puis Maxine se redresse, une lueur dans les yeux.

— Sa mère ne va pas revenir, mais nous, nous sommes là. Est-ce que le vétérinaire a dit qu'on devrait le laisser ici? Est-ce qu'on ne peut pas l'emmener à la maison et essayer de l'aider?

Sa grand-mère sourit.

— Il dit que le chaton doit être secouru. On va l'emmener, mais pas à la maison. Le Dr Sweeny dit qu'il y a une clinique médicale pour animaux sauvages juste à la sortie du village. Elle s'appelle Animaux Secours. Le vétérinaire pense que, là-bas, on sera peut-être capable d'aider cette petite bête.

Maxine pousse un soupir de soulagement.

— Et le Dr Sweeny m'a dit ce qu'on doit faire. Voyons…

Elle sort un gros chandail de son sac à dos. Elle hésite un instant.

— Je pense que tu peux y arriver, Max, dit-elle finalement.

Maxine s'approche et prend le chandail.

— Il faut que tu recouvres complètement le chaton avec le chandail. Il est peut-être petit, mais ses griffes sont très pointues.

Maxine, qui sent son cœur battre à toute vitesse, hoche la tête. C'est une responsabilité énorme. Elle s'approche lentement des rochers, sans quitter du regard le bébé lynx, qui se remet à miauler. Avec précaution, elle se faufile entre les rochers, tenant le chandail déplié. Puis elle enveloppe doucement le petit corps du chaton. Celui-ci ne se débat même pas. En fait, il arrête immédiatement de pleurer. Comme s'il était réconforté par le contact du chandail.

Maxine porte le lynx dans ses bras. Il est très

léger, encore plus léger qu'un livre de poche. Elle retourne avec précaution vers sa grand-mère et David en tenant le lynx serré contre elle.

— On y est, murmure-t-elle. Tout va bien se passer. On va s'occuper de toi.

Seule la tête du lynx sort du chandail. Ses oreilles sont toujours collées contre sa tête qu'encercle une très belle collerette de fourrure. Doucement, du bout des doigts, Maxine touche la fourrure douce sur la tête du chaton. David s'approche et le caresse aussi. Leur grand-mère les regarde en souriant.

— Bon, décide Maxine, Allons-y.

David et Maxine portent le chaton à tour de rôle jusqu'à la voiture.

— Regarde, dit Maxine à David.

Le petit lynx ne s'agite plus. Il s'est endormi pendant qu'ils marchaient, réconforté par leurs bras accueillants et par la chaleur de leur corps. Maxine et David s'assoient sur le siège arrière, l'un à côté de l'autre, le petit lynx sur les genoux de Maxine.

— Est-ce qu'on peut aller à la clinique des animaux sauvages tout de suite? demande Maxine.

— Bien sûr, dit sa grand-mère. Quelqu'un doit s'occuper de ce petit bébé lynx, n'est-ce pas?

Maxine hoche la tête.

— La clinique est sur la route de la Campanule, dit sa grand-mère en démarrant la voiture. Tu pourrais peut-être trouver la route sur cette carte pour moi, et me donner des indications.

Maxine prend la carte et trouve rapidement la route.

— C'est vraiment près de chez nous! s'exclame-t-elle. C'est même assez près pour qu'on puisse y aller à pied!

Pendant que la voiture roule, Maxine observe une nouvelle fois le chaton. Elle admire ses petites griffes. Elles ont l'air très pointues! Avec précaution, Maxine les enveloppe de nouveau dans le chandail. De temps en temps, elle se penche et lisse la fourrure du lynx avec ses doigts. Il est si petit et si délicat! Survivre sans sa maman va être un véritable défi pour lui, pense Maxine.

— Regarde! dit David en touchant légèrement

le bout d'une des oreilles du lynx. Tu as vu comme ses oreilles sont pointues?

Maxine le constate aussi.

— Et elles ont de petites touffes de poils, fait remarquer Maxine, qui a soudain une idée. Hé, ce serait peut-être un bon nom pour le lynx. Touffi. À cause de ses touffes de poils, et parce que ce sera un vrai défi pour lui de se débrouiller seul. Vous comprenez? Touffe et défi, Touffi!

David sourit et hoche la tête.

— C'est parfait! approuve leur grand-mère.

Après quelque temps, ils aperçoivent un panneau : *Clinique médicale et centre de réhabilitation Animaux Secours.* Sous le nom, il y a l'image d'un renard.

— On y est! dit Maxine. J'espère bien qu'ils vont pouvoir aider Touffi!

— On va vite le savoir, dit sa grand-mère en s'engageant sur l'allée caillouteuse.

Chapitre cinq

Abby Abernathy

— Qu'est-ce que ça veut dire, *réhabilitation*? demande David.

– J'ai déjà lu quelque chose là-dessus dans un des livres de grand-maman, répond Maxine pendant que sa grand-mère gare la voiture. Si c'est un centre de réhabilitation, ça veut dire qu'ils ne se contentent pas de soigner les animaux blessés. Ils s'en occupent aussi pendant tout le temps qu'il leur faut pour guérir complètement.

– David et moi allons t'attendre ici avec Touffi, propose leur grand-mère, une fois la voiture garée.

– D'accord, dit Maxine en tendant le chaton emmitouflé à sa grand-mère.

Puis elle se dirige vers le petit bâtiment. À la porte d'entrée, un écriteau montre le même renard à côté du mot *Accueil*. La porte est légèrement ouverte. Maxine monte les quelques marches et s'arrête. Elle se demande si quelqu'un va pouvoir l'aider. Elle frappe à la porte, mais personne ne vient ouvrir. Maxine sait qu'elle doit trouver la personne responsable du centre, parce que Touffi a besoin d'aide. Elle prend donc une grande inspiration, pousse la porte et entre.

De l'entrée, elle voit trois portes. Les deux sur la gauche sont fermées. Celle de droite mène à un bureau. Maxine peut y voir une bibliothèque remplie de magazines, de livres et de papiers, et le tiroir ouvert d'un classeur qui déborde de dossiers. Elle traverse le hall et jette un coup d'œil à l'intérieur de la pièce. Un bureau croule sous des documents de toutes sortes et, derrière le bureau, une femme est assise, le visage dans les mains. Elle pleure. La gorge serrée, Maxine se force à frapper contre la porte ouverte. Elle n'a pas le choix. Il n'y a personne d'autre aux alentours pour l'aider.

Au son que fait Maxine en cognant à la porte, la femme relève la tête. Elle se frotte vivement les yeux, met de grosses lunettes rondes et regarde

Maxine, la tête penchée de côté. C'est étonnant comme elle ressemble à un hibou. En toute autre occasion, Maxine aurait souri. Mais pas là. Elle est trop inquiète pour Touffi, et inquiète aussi des larmes de cette femme.

— Qui es-tu? demande la femme.

— Je … Je m'appelle Maxine, dit celle-ci.

— Comment puis-je t'aider, Maxine? dit la femme.

Elle se mouche bruyamment. Puis elle étire le cou et relève le menton.

Maxine hésite. Elle aimerait être ailleurs et ne pas avoir vu la femme pleurer. Elle a envie de faire demi-tour et de s'enfuir. Mais elle pense à Touffi. Elle sait que cette femme peut probablement l'aider.

— Eh bien, on vient de trouver un bébé lynx aujourd'hui. Du moins, ma grand-mère pense que c'est un lynx. Elle a entendu à la radio qu'une mère a été tuée et…

Avant qu'elle ne puisse en dire davantage, la femme est debout. Maxine a à peine le temps de s'étonner de sa grande taille et de sa minceur qu'en un éclair, elle est à ses côtés.

— Pourquoi ne me l'as-tu pas dit plus tôt, ma chouette? dit la jeune femme. Où est le lynx?

Maxine n'a même pas le temps de répondre. La femme se précipite déjà vers la porte d'entrée. Et lorsqu'elle aperçoit le petit paquet dans les bras de la grand-mère de Maxine, elle s'en approche à grandes enjambées.

— Est-ce que c'est le bébé lynx? demande-t-elle, les bras tendus.

Maxine entend sa grand-mère répondre :

— Oui, c'est…

— Laissez-moi voir, interrompt la femme.

Avant même que Maxine n'arrive à la voiture, la femme tient Touffi dans ses bras et lui jette un rapide coup d'œil.

— Je ne m'y connais pas beaucoup en lynx. Je n'en ai jamais eu ici avant. Mais ce lynx est une femelle, j'en suis sûre. On doit la réchauffer et lui trouver un endroit calme. Ensuite, elle sera examinée par mon vétérinaire d'animaux sauvages.

Elle tourne brusquement les talons et, le lynx dans les bras, repart rapidement vers le bureau. Muets, Maxine, David et leur grand-mère la regardent s'éloigner. Juste avant de s'engouffrer dans la porte, la femme tourne la tête.

— Je m'appelle Abigail Abernathy, crie-t-elle par-dessus son épaule. Vous pouvez m'appeler Abbie. Ravie de vous avoir rencontrés! Revenez demain.

Puis Abbie et Touffi disparaissent.

Chapitre six

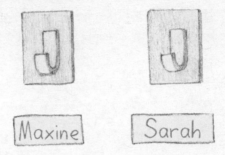

Le premier jour d'école

Maxine est debout devant toute la classe, à côté de son enseignante. Mme Nickel met gentiment la main sur son épaule.

— Les élèves, voici Maxine Kearney, annonce Mme Nickel.

Maxine essaie de ne pas rougir pendant que toute la classe la regarde.

— Maxine, voici Sarah, dit Mme Nickel. Sarah est l'amie qui va t'accueillir aujourd'hui dans la classe 108.

Sarah a deux tresses rousses et des taches de rousseur sur le nez. Elle sourit à Maxine et celle-ci lui sourit à son tour. L'enseignante a

Maxine

Sarah

probablement dit à Sarah d'être gentille avec la nouvelle élève, pense Maxine.

—Sarah, veux-tu emmener Maxine dans le couloir et lui montrer où elle doit accrocher son blouson? continue Mme Nickel.

Maxine suit Sarah hors de la classe.

— Voici ton crochet, dit Sarah. Il est juste à côté du mien.

— Merci, dit Maxine. À propos, je m'appelle Maxine, mais tu peux m'appeler Max.

Soudain, l'image d'Abigail Abernathy surgit dans la tête de Maxine. *Vous pouvez m'appeler*

Abbie, leur a-t-elle dit. Maxine, dont le bras est sur le point d'accrocher son blouson, se fige sur place. Elle est inquiète pour Touffi. Comment va-t-elle? Abbie a dit qu'elle n'avait jamais pris soin d'un lynx avant. Va-t-elle être capable de la nourrir?

Le sourire de Maxine s'évanouit. Peut-être que Touffi ne va pas pouvoir survivre sans sa maman. Ses yeux commencent à piquer. Elle tourne la tête et essaie de refouler ses larmes. Et si Sarah allait se moquer d'elle?

Mais à ce moment-là, elle sent la main de Sarah lui tapoter gentiment l'épaule.

— Est-ce que ça va? lui demande Sarah. Est-ce que tu es nerveuse parce que c'est ton premier jour ici?

Maxine se tourne vers elle. Sarah lui fait un petit sourire maladroit, comme si elle n'était pas sûre de la manière de la réconforter.

— Oh, non, ce n'est pas ça, répond Maxine lentement.

Et, à sa grande surprise, c'est la vérité. Elle ne peut pas penser à autre chose qu'à Touffi.

— Alors, qu'est-ce qu'il y a? demande Sarah.

Elle ouvre grand ses yeux bleus et semble vraiment s'inquiéter pour Maxine. Rapidement,

31

cette dernière lui explique toute l'histoire du bébé lynx et comment ils l'ont emmené à la clinique Animaux Secours.

— Et quand on est rentrés à la maison, on a raconté toute l'histoire de Touffi à mes parents. On s'est servis de l'ordinateur pour chercher des informations sur les lynx. On en trouve du centre du Mexique jusqu'au sud du Canada!

— C'est vrai? Je ne savais pas qu'il y avait des lynx au Canada, s'étonne Sarah. Avez-vous appris autre chose?

— On a appris que les lynx ne mangent que de la viande, surtout des oiseaux et des petits animaux. Ils ont de petits pieds et des pattes courtes; alors, ils n'aiment pas la neige profonde! C'est pour ça qu'ils ne vivent pas dans le nord du Canada. Et on a lu que c'est possible d'élever un bébé lynx et de le relâcher ensuite dans la nature. C'est possible, mais ça ne réussit pas toujours…

Maxine s'interrompt.

— Dis-moi encore à quoi ressemble Touffi, dit Sarah rapidement.

Une image de Touffi vient à l'esprit de Maxine qui ne peut pas s'empêcher de sourire.

— Touffi est vraiment mignonne, Sarah. Elle est minuscule, une boule de fourrure orange et brune tachetée. Elle a une queue très courte. Sa figure est entourée d'une belle collerette de fourrure et elle a des petits yeux bien fermés. Il y a des petites touffes de poils à l'extrémité de ses oreilles.

Puis le sourire de Maxine s'évanouit encore.

— Touffi est si petite, confie-t-elle à Sarah. Et elle n'a plus de maman pour la nourrir. Je ne suis pas sûre qu'elle va s'en sortir. Dès que l'école sera finie, je vais passer à la clinique pour voir comment elle va.

Mme Nickel apparaît dans l'embrasure de la porte.

— Je vois que vous allez être de bonnes amies, dit-elle.

Maxine est surprise. Elle a complètement oublié l'idée de se faire de nouveaux amis, mais voilà que c'est déjà fait.

— Maintenant, c'est le moment de rentrer et de rejoindre les autres! dit Mme Nickel.

Les filles la suivent dans la classe, où elle montre à Maxine son nouveau pupitre. Il est juste à côté de celui de Sarah. Maxine tente de croiser le regard de Sarah. Finalement, Sarah lève les yeux vers elle.

— Veux-tu venir avec moi voir Touffi après l'école? lui chuchote Maxine.

Les yeux de Sarah brillent.

– D'accord, dit-elle en souriant. Je vais demander à ma mère à l'heure du dîner.

La matinée passe à toute vitesse. À la récréation, Maxine voit David au milieu d'un petit groupe de garçons de deuxième année. Il lui fait un geste joyeux de la main et elle lui répond de la même façon.

À l'heure du dîner, Maxine et David se retrouvent à l'extérieur, près de la clôture de l'école. Ils marchent ensemble vers la maison. David n'arrête pas de parler de ses nouveaux amis. Maxine se contente d'écouter en souriant. Elle n'essaie même pas de lui parler de Sarah.

Leur grand-mère a préparé de la soupe et des sandwichs. Maxine mange aussi vite qu'elle le peut et passe le reste de son heure de dîner à naviguer dans Internet. Il y a tant de choses à apprendre sur les lynx!

– Ça alors! Écoute, grand-maman! fait Maxine. Les chatons des lynx naissent souvent dans des grottes ou à l'intérieur de bûches creuses. Parfois, la mère fait une tanière entre des rochers.

– C'est ce qu'a fait la maman de Touffi, fait remarquer David.

Maxine continue à lire.

— Au printemps, la femelle du lynx donne naissance à ses bébés. Elle peut en avoir jusqu'à quatre. Ils sont minuscules et sans défense. Ils ne peuvent ni voir ni entendre, mais ils peuvent sentir! Lorsque les petits lynx ont deux semaines environ, ils ouvrent les yeux progressivement. Leurs oreilles commencent à se déplier. Touffi doit donc avoir moins de deux semaines.

Elle poursuit sa lecture à l'écran.

— Le lynx est un mammifère. Comme chez tous les mammifères, le bébé boit le lait de sa mère. Sans ce lait, il ne peut pas survivre.

Il y a un silence. Maxine et David se regardent. Leur grand-mère vient d'entrer dans la pièce.

— Ne vous inquiétez pas, dit-elle d'un ton réconfortant. Je suis certaine qu'Abbie se débrouille très bien avec Touffi. Tu vas pouvoir t'en rendre compte par toi-même en allant la voir cet après-midi, Max.

— Mais, grand-maman, demande David avec inquiétude, comment Abbie peut-elle nourrir Touffi? Qu'est-ce qu'elle va lui donner à boire?

— Hé, regardez! les interrompt Maxine d'une voix joyeuse et animée. Juste là, sur ce site Web, ils disent qu'il y a un centre de réhabilitation qui se spécialise dans les lynx. Il est situé dans l'ouest des États-Unis, et il y a même un numéro de téléphone.

Elle décroche le téléphone.

— Je vais appeler Abbie et lui donner ce numéro. Les gens de ce centre pourront peut-être l'aider à prendre soin de Touffi!

Maxine compose rapidement le numéro de la clinique. Abbie n'est pas là, mais Maxine laisse l'information sur le répondeur.

Chapitre sept

Au revoir, docteur Jacobs

Lorsque Maxine et David arrivent dans la cour de récréation après le dîner, Sarah court tout de suite vers eux.

— Salut, dit-elle à Maxine en souriant.

— Salut, répond Maxine. Qu'est-ce que ta mère a dit? Peux-tu aller à la clinique avec moi? Est-ce que tu as toujours envie d'y aller?

Elle lui fait un grand sourire et se croise les doigts dans le dos. Les yeux de Sarah s'éclairent.

— Et comment! répond-elle. Ma mère dit que je peux y aller, pourvu que je rentre à la maison avant le souper.

La cloche sonne et les deux filles se dirigent

ensemble vers l'entrée de l'école.

Pour Maxine, l'après-midi semble passer lentement, même si c'est son premier jour dans une nouvelle classe.

Mais, enfin, il est 15 h 30, et la cloche annonce la fin de la journée.

Maxine et Sarah partent pour Animaux Secours. Sarah sautille, tellement elle est énervée.

— Je n'ai jamais été là, s'exclame-t-elle. Ça a l'air d'un endroit vraiment intéressant à visiter. Tu sais, lorsque j'ai demandé à ma mère si je pouvais aller là-bas avec toi, elle a dit : « Oh, Animaux Secours est encore ouvert? » Elle avait entendu un commerçant en ville se plaindre que sa facture de nourriture d'oiseaux n'avait pas été réglée.

— Hum, fait Maxine, pensive. Eh bien, en tout cas, c'est encore ouvert.

Elle raconte à Sarah qu'elle a vu Abbie pleurer dans son bureau, le jour précédent. C'était peut-être pour ça. Les deux filles marchent en silence pendant un moment.

— C'est là! s'écrie Maxine. Tu vois le renard sur le panneau?

Sarah fait oui de la tête d'un air joyeux, et les deux amies franchissent la grille.

— On n'a pas eu l'occasion de voir grand-chose

hier, dit Maxine. Aucun animal, en tout cas. On voulait surtout que quelqu'un s'occupe de Touffi.

— J'espère qu'on va pouvoir visiter un peu aujourd'hui, dit Sarah.

Les deux filles suivent la longue allée et se retrouvent bientôt devant la porte. Maxine frappe une fois, puis encore. Personne ne répond. Elle frappe un peu plus fort. Toujours pas de réponse. Elle et Sarah se regardent.

— Et maintenant, qu'est-ce qu'on fait? demande Sarah.

— On va faire le tour, suggère Maxine. Peut-être qu'Abbie est dehors quelque part.

Elles contournent le petit bâtiment. Derrière, elles voient un grand bosquet et un sentier qui y mène.

En suivant le chemin, elles commencent à entendre du bruit, des cris d'animaux excités. Maxine, qui est en tête, se met à marcher plus vite. Mais elle s'arrête en pénétrant dans une vaste clairière. Le soleil brille à travers les arbres sur un large cercle d'enclos.

— Oh, regarde! s'écrie Sarah.

Dans un enclos, il y a un renard à la queue bien fournie. Il glapit et fait des bonds. Maxine s'approche pour mieux voir.

— Il a seulement trois pattes, dit Sarah. Mais il est vraiment beau. Regarde la fourrure blanche au bout de sa queue!

Après avoir admiré le renard, les filles s'approchent de l'enclos suivant.

— Il a l'air vide, dit Maxine.

Elle se protège les yeux du soleil avec sa main et examine le grand enclos.

— Non, regarde là-bas! s'écrie Sarah.

Deux ratons laveurs somnolent en boule dans un coin, leur queue enroulée autour de leur corps pour se tenir au chaud. Le plus gros des ratons laveurs ouvre un œil, puis le referme.

Quelques mètres plus loin, il y a un autre enclos. Cette fois, c'est Maxine qui repère la créature qu'il abrite.

— En haut de l'arbre, dans le creux, dit-elle en le montrant du doigt. C'est un écureuil.

Lorsque l'écureuil entend les enfants, il se rue hors du trou et s'immobilise sur une branche. L'air furieux, il commence à leur adresser de petits cris en remuant nerveusement la queue.

— Il n'a pas l'air mal en point, cet écureuil, dit Maxine en riant, sauf qu'il est de très mauvaise humeur!

Elle voit une mangeoire dans l'enclos de

l'écureuil et y jette un coup d'œil. La mangeoire est vide, à part quelques cacahouètes décortiquées dans le fond. Elle se rappelle ce qu'a dit Sarah à propos du commerçant qui n'a pas été payé. Les animaux vont-ils bientôt manquer de nourriture?

Il y a encore d'autres enclos à observer dans le cercle. Mais juste à ce moment-là, Maxine entend des voix. On dirait qu'elles viennent de l'autre côté de la clairière.

— C'est peut-être Abbie, dit Maxine. Allons voir.

Les filles suivent le chemin en se rapprochant des voix. Après un tournant, Maxine voit un autre cercle d'enclos. Ceux-là contiennent des oiseaux, petits et gros. Devant les enclos, se tiennent Abbie et un monsieur âgé que Maxine ne connaît pas.

— Abbie, j'ai été heureux de pouvoir examiner le petit lynx hier, dit l'homme. J'ai rarement l'occasion de voir une de ces superbes bêtes! Mais comme je te l'ai déjà dit, je laisse la médecine vétérinaire. Ma femme et moi partons demain pour de longues vacances. Je ne pourrai plus venir t'aider.

Puis il met la main sur l'épaule d'Abbie.

— Il faut que tu trouves un endroit qui peut prendre soin de tous ces animaux sauvages et ces oiseaux. Le plus vite possible. Au revoir, Abbie, et bonne chance.

— Au revoir, docteur Jacobs, répond Abbie d'une petite voix.

Ses épaules s'affaissent. Le vétérinaire prend le chemin où se trouvent Sarah et Maxine. En les dépassant, il leur fait un petit signe de tête d'un air triste.

— Oh, non, dit Maxine, une fois qu'il est passé. On dirait que le centre a vraiment des problèmes. Pas d'argent et pas de vétérinaire non plus. Qu'est-ce qu'Abbie va faire?

Chapitre huit

Un lynx déguisé?

Maxine et Sarah s'approchent d'Abbie pendant que celle-ci essuie ses larmes.

— Bonjour, Max, dit-elle comme si tout était normal.

En voyant Sarah, elle étire le cou.

— Et toi, qui es-tu? demande-t-elle.

Maxine lui présente Sarah.

— J'espère que ça ne vous dérange pas que je sois venue avec Max, dit Sarah. Je... Je voulais juste voir les animaux...

— Oh, pas du tout, c'est très bien, très bien, insiste Abbie.

Elle sourit bravement à Sarah, même si ses

yeux sont encore rougis par les larmes. Maxine veut demander à Abbie pourquoi elle pleure et si Animaux Secours est en danger. Mais ce qu'elle veut surtout, c'est avoir des nouvelles du bébé lynx.

— Comment va Touffi? laisse-t-elle échapper.

— Touffi va très bien, dit fièrement Abbie. Le Dr Jacobs, notre vétérinaire d'animaux sauvages…

Abbie s'interrompt et baisse les yeux.

— Du moins, il était notre vétérinaire jusqu'à aujourd'hui… dit-elle lentement.

Maxine et Sarah échangent des regards inquiets. Abbie relève la tête.

— En fait, bien qu'elle ait perdu un peu de poids, dit-elle, Touffi est en parfaite santé.

Elle fait un clin d'œil aux enfants derrière ses lunettes. Maxine se sent soulagée.

— Est-ce que Touffi a mangé? Elle doit être affamée!

— Oui, elle a mangé, la rassure Abbie. Je l'ai nourrie plusieurs fois la nuit dernière. Je lui ai d'abord donné du lait de chèvre dans un biberon. Comme je te l'ai dit, je ne m'y connais pas beaucoup en lynx, ni le Dr Jacobs, d'ailleurs. Nous n'en avions jamais vu. C'est que les lynx ne sont pas très répandus par ici. Mais j'ai

eu le message que tu m'as laissé à l'heure du
dîner et j'ai appelé le centre de réhabilitation
immédiatement. Lorsque j'ai demandé des
conseils sur la manière de nourrir les lynx, la
femme qui m'a répondu a été d'une grande aide.
Elle m'a dit qu'il était préférable de nourrir Touffi
avec une préparation lactée spéciale, destinée aux
animaux des zoos et très semblable au lait des
mamans lynx. J'en ai préparé un peu cet après-
midi. Touffi l'a adorée!

— On peut peut-être l'emmener chez Max et la
nourrir, suggère Sarah. Si on peut apporter un peu
de cette préparation, bien sûr.

— Eh bien, c'est un peu plus compliqué que
ça, Sarah, dit gentiment Abbie. On va essayer
d'aider Touffi à grossir et à devenir plus forte.
On va la nourrir avec cette préparation toutes les
quatre heures. Puis, lorsqu'elle aura environ trois
semaines, on va commencer à lui donner de la
nourriture solide, comme du poulet broyé, par
exemple. On espère qu'un jour, elle sera capable
d'attraper elle-même sa propre nourriture. À ce
moment-là, on pourra la relâcher et elle vivra de
nouveau à l'état sauvage. C'est un animal sauvage,
après tout. Elle sera plus heureuse de retrouver la
forêt et d'être libre. Tu ne crois pas?

Sarah hoche la tête.

— Oui, sûrement, reconnaît-elle.

— Et pour cette raison, on ne peut pas laisser Touffi s'approcher de trop d'humains. On ne veut pas qu'elle s'habitue aux gens et qu'elle croie qu'ils sont ses amis. Même si certaines personnes le sont.

Tout en disant cela, Abbie écarte les bras pour englober Maxine, Sarah et elle-même.

— Mais comment quelqu'un peut-il nourrir Touffi sans qu'elle s'habitue aux humains? demande Sarah, perplexe.

— Bonne question! s'exclame Abbie. La femme du centre de réhabilitation m'a donné des conseils là-dessus. Selon elle, tant que le chaton est petit, quiconque le nourrit doit porter un masque de lynx et des mitaines de fourrure. Lorsque Touffi sera plus grande et qu'elle pourra mieux voir et sentir, la personne devra porter une combinaison spéciale de lynx et camoufler aussi son odeur humaine.

Les deux filles éclatent de rire.

— Vraiment? demandent-elles.

— Oui! répond Abbie en souriant. Lorsque Touffi va sentir ou voir une personne, on veut qu'elle s'enfuie! On doit aussi lui apprendre à chasser. Et un jour, peut-être au printemps prochain, Touffi pourra être relâchée, et elle saura comment survivre!

— C'est beaucoup de travail, fait remarquer Sarah.

— Mais ça en vaut la peine, dit fermement Maxine, en pensant à la mignonne petite tête du chaton, à ses yeux bien fermés et à ses oreilles pliées en arrière.

Elle essaie d'imaginer Touffi grandie et courant librement dans la forêt. C'est une pensée très encourageante.

— Donc, tout va bien, conclut-elle avec un soupir de soulagement.

— Oui, dit Abbie. Tout va…

Mais elle ne finit pas sa phrase. Son visage se crispe. Elle le couvre de ses mains et recommence à pleurer.

Chapitre neuf

Le plan

Un peu plus tard, Maxine, Sarah et Abbie sont assises dans le bureau d'Abbie et boivent du thé. Maxine est perchée sur une pile de livres. Sarah a trouvé un coin du sofa qui ne débordait pas de dossiers et de papiers. Abbie a enlevé quelques magazines de son fauteuil pivotant. Maintenant, elle fouille dans son bureau, ouvrant un tiroir après l'autre.

— Ah! s'exclame-t-elle en sortant un paquet de biscuits au chocolat qu'elle offre aussitôt aux deux filles. Du thé et des biscuits redonneraient du courage à n'importe qui, dit-elle avec bonne humeur.

Maxine regarde son amie. Puis elle prend une

profonde inspiration.

– Abbie, qu'est-ce qui ne va pas? demande-
t-elle. Est-ce qu'on peut faire quelque chose pour
t'aider?

Abbie sourit.

– Tu es très courageuse de me demander ça,
répond-elle. C'est vrai que je pleure souvent ces
derniers temps. J'ai beaucoup de peine parce que
la clinique doit fermer.

Elle boit une gorgée de thé.

– Oh, non! gémit Maxine. On avait raison,
après tout.

– J'aurais préféré avoir tort, soupire Sarah.

– Mais pourquoi la clinique doit-elle fermer?
demande Maxine. Qu'est-ce que tu vas faire de
tous ces animaux et de ces oiseaux blessés? Qui
va s'en occuper? Qui va prendre soin de Touffi?

Abbie regarde Maxine à travers ses lunettes
rondes en frottant le bout de son nez fin.

– Je n'ai plus d'argent, dit-elle simplement.
Je n'ai plus les moyens d'acheter de la nourriture
pour tous les animaux. Je ne peux pas vraiment
me permettre d'acheter la préparation spéciale
pour Touffi. Comme vous le savez, le Dr Jacobs,
qui a été notre vétérinaire bénévole pendant des
années, prend sa retraite. Je n'ai pas les moyens de

payer un autre vétérinaire. Je dois donc fermer le centre, conclut-elle en levant les mains. J'ai essayé d'éviter ça. Mais maintenant, je dois voir les choses en face. Il faut que je trouve un endroit qui pourra accueillir tous les animaux sauvages et les oiseaux.

Maxine et Sarah restent silencieuses. Le thé refroidit.

— Tu sais, Abbie, dit Maxine doucement, si Animaux Secours n'avait pas existé, Touffi serait morte de faim.

Abbie fait oui de la tête, sans parler.

— Tu ne peux pas abandonner, continue Maxine, d'une voix plus forte et plus assurée. Il y a sûrement une façon de garder le centre ouvert. On va essayer de trouver une solution.

— Oui, il y a sûrement un moyen, renchérit Sarah.

Abbie sourit tristement.

— C'est formidable que vous vous sentiez toutes deux si concernées, dit-elle en enlevant ses lunettes et en se frottant les yeux. Mais je ne pense vraiment pas…

— Vous savez, dit Sarah d'un ton pensif en tortillant le bout de ses tresses, je ne connaissais même pas l'existence de ce centre avant. Et j'ai vécu toute ma vie à Maple Hill. Mais lorsque Max m'en a parlé, j'avais vraiment hâte de venir voir les animaux.

Maxine comprend soudain où Sarah veut en venir. Elle fait claquer ses doigts.

— Abbie, tu pourrais essayer de faire venir les gens ici pour leur faire visiter le centre. Je suis sûre que d'autres enfants et leur famille aimeraient aussi voir les animaux s'ils savaient que le centre existe!

— Ils pourraient acheter un billet pour entrer, dit Sarah.

— C'est vrai, dit Maxine en hochant la tête. Tu pourrais organiser une journée portes ouvertes! On fabriquerait des affiches pour annoncer l'événement. On pourrait en mettre dans les magasins et sur les poteaux.

— Sur les affiches, on écrirait *Sauvez la clinique Animaux Secours! Sauvez les animaux sauvages et les oiseaux!* propose Sarah en tortillant ses tresses de plus belle.

— On pourrait préparer des affiches pour chaque classe de l'école, s'écrie Maxine. Je suis sûre que tous les enfants viendraient. Tu pourrais même proposer aux visiteurs de faire un don. On mettrait une grosse boîte pour les dons près des enclos.

— On installerait des panneaux, comme *Le renard dans cette direction* ou *Vers les rapaces*.

— Et on écrirait des informations sur les animaux sauvages et les oiseaux du centre. À l'extérieur de chaque enclos, on mettrait leur nom et une fiche d'information, pour que les gens apprennent des choses sur eux.

— Et on pourrait servir de guides, Max et moi. Je suis certaine que David nous aiderait! Abbie, tu pourrais nous donner des renseignements sur les blessures des animaux. Comme ça, on pourrait répondre aux questions des visiteurs!

Maxine observe Abbie avec attention. Elle voit son regard découragé se transformer en lueur d'espoir. Un sourire étire le coin de ses lèvres.

— Ce sont des idées formidables! dit-elle. Et vous savez, il y a un petit sentier qui serpente à travers les bois, derrière les enclos. Je l'appelle le Sentier des oiseaux. J'y ai installé des mangeoires et des abris pour les oiseaux. Peut-être que les gens trouveraient ça intéressant.

— Et les gens vont aussi vouloir voir Touffi, ajoute Sarah, un vrai lynx!

Abbie lève un doigt.

— Là, c'est non! dit-elle fermement. On ne peut pas autoriser ça. Rappelle-toi que Touffi ne doit pas avoir de contacts avec les humains.

Il y a une pause. Le visage d'Abbie prend une expression sérieuse.

— Préparer une journée portes ouvertes exige beaucoup, beaucoup de travail! dit-elle en regardant chacune des filles. Il faudra que vous veniez chaque jour après l'école, et la fin de semaine aussi. Êtes-vous certaines d'avoir le temps?

— On est certaines, répond Maxine aussitôt. Pas vrai, Sarah?

— Oui, répond Sarah en hochant la tête vigoureusement.

— Et je suis sûre que David voudra aider, lui aussi! ajoute Maxine.

— Bon, très bien! s'exclame Abbie en tapant des mains de plaisir. Alors, mettons-nous au travail, poursuit-elle en remettant ses lunettes et en ouvrant son agenda. Il y a beaucoup à faire. Il faut acheter du papier, des marqueurs, des stylos, du ruban adhésif. Mais d'abord, on doit choisir une date. Et ça doit être bientôt, parce qu'il n'y a presque plus d'argent…

Lorsque la date est fixée, il est presque l'heure de partir.

— Abbie, dit soudain Maxine d'une petite voix, est-ce que je pourrais t'aider à prendre soin de

Touffi d'une manière ou d'une autre? Est-ce qu'il
y a quelque chose que je peux faire pour elle sans
lui faire de mal? Peut-être que je pourrais au
moins lui jeter un coup d'œil...

Abbie sourit.

— Mais oui, bien sûr. J'aurais dû y penser moi-
même.

Maxine voit que Sarah la regarde avec intensité.

— Est-ce que Sarah peut venir aussi? Elle n'a
jamais eu l'occasion de voir un lynx.

Abbie hésite.

— D'accord, dit-elle enfin. Puisque Touffi ne
peut encore ni voir ni entendre.

Les deux amies s'empressent de suivre la jeune
femme. Celle-ci les conduit dans une petite pièce
attenante au bureau.

— C'est la chambre d'isolement, explique Abbie.
Ici, il fait chaud et c'est insonorisé. De cette façon,
Touffi peut être proche du bureau, sans pour
autant s'habituer aux voix humaines.

Elles entrent dans la pièce. Sur une table, contre
le mur du fond, il y a une petite cage pour le
transport d'animaux domestiques. Abbie en ouvre
la porte. Maxine retient son souffle. Sarah et elle
regardent à l'intérieur. La petite Touffi dort là,
sans bruit.

— J'ai nourri Touffi juste avant votre arrivée, leur dit Abbie.

Son petit ventre rempli de la préparation savoureuse, le petit lynx a une expression satisfaite. Ses moustaches blanches frémissent. Maxine remarque que Touffi est allongée sur un coussin qui couvre la moitié de la cage.

— C'est un coussin chauffant, explique Abbie. Les nouveau-nés ont besoin de rester au chaud. Il est très important que Touffi ait un endroit chaud où s'allonger lorsqu'elle a besoin de se réchauffer. Si elle a trop chaud, il lui suffit de se déplacer.

— Oh, qu'elle est mignonne! souffle Sarah. Elle est si petite!

— On dirait une petite boule de fourrure, chuchote Maxine.

Maxine se rappelle quand elle a trouvé Touffi, seule dans les rochers. Elle se souvient de son triste miaulement et de la manière dont le bébé a levé la tête en cherchant désespérément du lait. Maintenant, Touffi est saine et sauve, et quelqu'un s'occupe d'elle.

— Elle a l'air vraiment heureuse! soupire Maxine en souriant.

Abbie la regarde attentivement.

— Max, je viens d'avoir une idée, dit-elle. Je

sais combien tu tiens à ce petit lynx. Et je sais aussi que je vais avoir besoin d'aide. Lorsque tu viendras demain, tu pourras te charger de la nourrir. Je vais t'apprendre comment. Et ensuite, tu pourras la nourrir chaque fois que tu seras ici et qu'elle aura faim.

Les yeux arrondis de Maxine croisent ceux d'Abbie.

— C'est vrai? dit-elle. Tu es sûre que ça ne posera pas de problème?

— J'en suis certaine, répond Abbie en hochant la tête. Oh, j'oubliais! Apporte donc un vieil ourson en peluche qu'on pourrait laisser dans la cage. Les chatons lynx aiment pouvoir se blottir contre quelque chose. Mais il faudra que ta mère le lave d'abord pour enlever, autant que possible, l'odeur humaine qui pourrait s'en dégager.

Maxine n'en croit pas ses oreilles. Ce sera difficile d'attendre jusqu'à demain. Elle a hâte de se mettre au travail. Elle va nourrir le bébé lynx et elle va aider à organiser la journée portes ouvertes de la clinique Animaux Secours!

Chapitre dix

Au travail!

Le lendemain après l'école, Maxine, Sarah et David courent tout droit à la clinique Animaux Secours, prêts à travailler.

— Je pouvais à peine respirer pendant que ma mère parlait à Abbie au téléphone! raconte Maxine à Sarah, en arrivant à la clinique. Finalement, ma mère a raccroché et m'a dit qu'Abbie avait l'air formidable. Elle a dit que je pouvais aider à nourrir Touffi.

— Max en a presque pleuré, ajoute David.

Maxine donne un coup de coude dans les côtes de son frère.

— Reste tranquille si tu veux nous aider, dit-elle.

— D'accord, d'accord, promet-il avec un sourire.

Juste à ce moment-là, Maxine aperçoit Abbie qui arrive des enclos.

— Bonjour! fait Abbie.

Elle porte des gants et un blouson chaud trop court pour son grand corps. Ses bottes de caoutchouc noires lui montent jusqu'aux genoux. Elle tient un seau jaune.

— Je viens juste de nourrir Blanco le renard et Casse-Noisettes l'écureuil, dit-elle en grattant son long nez fin. Je n'ai pas encore nourri Touffi, mais allons d'abord au bureau. Je veux vous montrer tout ce que j'ai acheté. Ensuite, on prendra soin du petit lynx, d'accord?

— Super! s'exclame Maxine.

Abbie mène les enfants à son bureau. Elle commence par leur montrer tous ses livres sur la vie sauvage et leur dit qu'ils pourront utiliser l'ordinateur. Elle leur montre ensuite le carton épais, les marqueurs et les autres fournitures qu'elle a achetés.

Maxine et Sarah commencent à répartir le travail.

— Toi, tu pourrais faire des affiches, suggère Maxine à David. Plus tôt nous commencerons à faire de la publicité pour la journée portes ouvertes, mieux ce sera.

— Je vais commencer à faire des pancartes pour les enclos, décide Sarah.

— Je viendrai vous aider aussitôt qu'on aura fini de s'occuper de Touffi, promet Maxine.

Elle prend l'ourson en peluche qu'elle a apporté pour Touffi et part avec Abbie vers la chambre d'isolement. En sortant de la pièce, Abbie prend un sac posé sur le plancher près de la porte.

— J'ai réfléchi à ce que m'a dit cette femme du centre de réhabilitation, dit-elle. Qu'il est important que Touffi garde sa peur naturelle des humains. Je suis donc allée au magasin de tissus ce matin.

Abbie tend à Maxine un capuchon et une paire de mitaines en fausse fourrure.

— Oh! s'exclame Maxine. On dirait la fourrure d'un lynx! Le capuchon ressemble vraiment à la tête de Touffi, sauf qu'il y a des trous à la place des yeux et que les oreilles sont droites!

— J'ai acheté assez de fausse fourrure pour confectionner un costume entier pour chacune de nous, y compris un masque et des mitaines. Je n'ai pas encore eu le temps de coudre le reste des costumes, ajoute-t-elle en enfilant le plus grand des masques, mais je pense qu'on devrait porter

les masques et les mitaines immédiatement. Touffi
va sûrement ouvrir les yeux bientôt!

Maxine met son masque avec empressement.
Puis elle enfile les douces mitaines qu'Abbie lui
tend.

— Oh! Encore une chose, dit Abbie lorsqu'elles
arrivent près de la chambre d'isolement. Comme
je te le disais hier, il est important de camoufler
toute odeur humaine, et c'est une bonne idée
de le faire avec quelque chose qui provient de
l'environnement sauvage du lynx. Regarde, on
va utiliser des aiguilles de pin!

Maxine et Abbie frottent les aiguilles de pin
sur leurs mitaines, leurs bras et leur pantalon, sans
oublier l'ourson en peluche de Maxine. Ensuite,
Maxine regarde Abbie, en essayant de ne pas se
montrer trop impatiente.

— Maintenant? demande-t-elle. On peut y aller
maintenant?

Abbie sourit.

— On est prêtes. Mais rappelle-toi, il ne faut
pas parler. Touffi n'entend pas encore, mais on ne
sait pas quand ses oreilles vont commencer à être
sensibles au bruit. On ne veut surtout pas qu'elle
se mette à aimer nos voix!

Abbie commence à ouvrir la porte, puis s'arrête.

— Encore une chose, Max. Une fois à l'intérieur, ouvre la porte de la cage et sors Touffi doucement. Tiens-la exactement comme tu le ferais pour un chaton. Fais bien attention, elle va peut-être se tortiller!

La porte s'ouvre enfin et Maxine entre dans la pièce. Elle entend tout de suite les miaulements de Touffi. Le petit lynx a faim!

Chapitre onze

Qu'est-ce qui va arriver si...

Maxine s'approche de la cage de Touffi. Son cœur bat très fort. Elle se penche et, avec ses mitaines de fourrure, prend doucement le chaton. C'est vrai qu'il se tortille! Oh, comme c'est merveilleux de pouvoir sentir de nouveau ce petit corps dans ses bras!

Un moment après, Abbie entre avec une petite bouteille à la main. Elle fait un mouvement en direction du sol. Maxine comprend et hoche la tête. Doucement, elle s'assoit par terre, croise les jambes et tient Touffi en sécurité sur ses genoux.

Abbie lui tend la bouteille qui contient la préparation. En silence, elle lui montre comment nourrir Touffi. Ensuite, elle laisse Maxine le faire toute seule.

Touffi ne peut pas voir la bouteille, mais il est évident qu'elle peut sentir l'odeur de la préparation! Elle tend ses petites pattes et cherche la tétine du nez.

Maxine sourit en voyant Touffi commencer à boire avec empressement. Ses yeux sont bien fermés et ses oreilles sont à plat sur sa tête. Plusieurs minutes passent, puis Touffi arrête de boire. Il ne reste plus une goutte de lait. Elle a bu toute la bouteille!

Maxine est heureuse. Elle regarde le ventre blanc du chaton, qui est étendu paisiblement sur ses genoux. Il est plein et rebondi. Maxine soupire de contentement.

Tout à coup, une chose surprenante se produit. Maxine remarque que le chaton commence à grimacer et fronce les sourcils. Elle attend, attentive, se demandant ce que Touffi va faire.

Soudain, les yeux du petit lynx s'ouvrent! Ils ne s'ouvrent pas bien grand. Ils ressemblent plutôt à deux petites fentes. Mais ils sont ouverts, c'est certain, et ont la plus belle des couleurs, un

magnifique bleu foncé. Puis la petite tête du
chaton se tourne vers Maxine. Son regard semble
plonger dans les yeux de la fillette. Maxine est
toute joyeuse.

Touffi n'a plus de mère. Mais elle a Maxine,
maintenant, et aussi Abbie et Sarah. Touffi est en
vie, elle est en bonne santé et elle est forte. Elle
va s'en sortir.

Mais voilà qu'Abbie revient déjà. Maxine sait
qu'il est temps de remettre Touffi dans sa cage.

Oh! J'allais oublier l'ourson, se dit Maxine.

Elle le place à l'intérieur avec le chaton.
Rassasié, le petit lynx se met en boule contre la

patte de l'ourson et s'endort heureux.

De retour dans le bureau, Maxine raconte aux autres comment Touffi a ouvert les yeux pour la première fois.

— Ça veut dire qu'elle doit avoir environ deux semaines, conclut Maxine, qui décide aussitôt d'écrire une fiche d'information sur Touffi. Les visiteurs du centre ne pourront pas la rencontrer parce qu'elle est dans la chambre d'isolement. Mais ils seront fascinés de savoir qu'elle est là. Et ils voudront tout savoir sur les lynx! Vous ne croyez pas?

Sarah et David approuvent avec enthousiasme. Maxine commence tout de suite à noter tout ce qu'elle sait déjà sur les lynx. Puis elle fait d'autres recherches dans les livres d'Abbie.

Le temps file. David soulève enfin son affiche.

— Regardez. J'ai terminé la première. Qu'est-ce que vous en pensez?

L'affiche est grande et colorée. David y a dessiné un renard, un lapin et un écureuil. Des bulles de dialogue sortent de leurs bouches. Elles disent : *Aidez-nous! Rendez-nous visite. Vous pouvez faire notre connaissance au Centre de réhabilitation Animaux Secours.* David a même dessiné un plan qui montre comment se rendre au centre. Il a ajouté la date de la journée portes ouvertes et le prix du billet d'entrée.

— C'est super! s'écrie Maxine, enthousiasmée.

Les enfants se replongent dans leur travail. Soudain, Abbie regarde sa montre.

— Oh! fait-elle en mettant la main devant sa bouche. C'est presque l'heure du souper, les enfants! Donnez vite un coup de téléphone à vos parents et dites-leur que je vais vous ramener à la maison. Je ne savais pas qu'il était si tard!

— Nous non plus, dit Maxine, qui vient tout juste de mettre la touche finale à sa fiche d'information.

Ils rangent tout en vitesse et sautent dans la voiture d'Abbie. Celle-ci dépose d'abord Sarah, puis Maxine et David. Maxine fait au revoir de la main et les deux enfants se précipitent dans la maison. Le reste de la famille est déjà à table.

— C'est nous! Désolés pour le retard, lance Maxine en courant se laver les mains.

David s'assoit le premier et commence tout de suite à raconter ce qu'ils ont fait pendant l'après-midi.

— Sarah et Abbie ont écrit deux fiches d'information, explique-t-il, très excité. Une pour Casse-Noisettes, l'écureuil aveugle, et l'autre, pour

Blanco le renard. On l'appelle Blanco parce qu'il a du blanc au bout de sa queue. Abbie nous a dit que Blanco ne peut pas être remis en liberté dans la nature.

— Pourquoi? demande M. Kearney.

— Il a été blessé lorsqu'il était jeune, répond David, sa fourchette pleine de spaghettis suspendue en l'air, devant sa bouche. Il n'a jamais appris comment chercher lui-même sa nourriture. Et puis, devinez quoi?

— Prends une bouchée et je vais le leur dire, propose Maxine. J'ai rédigé une fiche sur Touffi et David a fait deux affiches pour annoncer la journée portes ouvertes.

— C'est formidable! s'écrie fièrement leur mère.

Leur père, lui, a une proposition.

— Que diriez-vous si, demain, en allant au travail, j'accrochais une des affiches quelque part sur mon chemin?

— Et moi, je peux marcher jusqu'à la bibliothèque pour y accrocher l'autre, dit à son tour leur grand-mère.

— C'est une bonne idée, répond David. Je vais en faire d'autres demain après-midi. Je vais en dessiner aussi pour l'école.

— Et bientôt, tout le monde va être au courant

de la journée portes ouvertes d'Animaux Secours! dit Maxine.

Mais, tout en mangeant ses spaghettis, elle ne peut pas s'empêcher d'être inquiète. Bientôt, tout le monde va être au courant de la journée portes ouvertes. Mais qu'est-ce qui va arriver si personne ne va au centre et s'ils ne réussissent pas à amasser assez d'argent pour le sauver? Qui va s'occuper des animaux… et de Touffi?

Chapitre douze

Vers le
Sentier
des oiseaux
→

La journée
portes ouvertes

— Je ne peux pas croire qu'on soit vraiment samedi et que ce soit la journée portes ouvertes, dit Sarah nerveusement en finissant de clouer le dernier panneau : *Vers le Sentier des oiseaux*.

— Moi non plus, dit Maxine avec un sourire. Mais je pense que tout est prêt.

Maxine vient juste de remplir toutes les mangeoires sur le sentier. Elle veut paraître confiante. Après tout, ils ont travaillé dur et tout est prêt. Ils vont faire de leur mieux.

— L'idée de guider les visiteurs me donne

des papillons, avoue Sarah pendant que les deux amies se dirigent vers l'accueil.

— Moi aussi, mais on doit le faire, dit Maxine en haussant les épaules.

— Oui, reconnaît Sarah. On a juste à montrer aux visiteurs combien leur aide est nécessaire.

Abbie attend les visiteurs à l'entrée du stationnement. David, qui se tient à la porte du bureau, jette un coup d'œil impatient à sa montre.

— La journée portes ouvertes a commencé à 10 h, fait-il remarquer. Il est 10 h 1, et il n'y a aucun visiteur!

Maxine et Sarah éclatent de rire.

— Ne t'inquiète pas, dit Maxine. Sois patient.

Au même moment, une voiture bleue entre dans le stationnement. Maxine voit une famille de cinq personnes en sortir, puis aperçoit une autre famille qui s'avance vers eux sur le sentier.

— Cette fois, c'est parti! leur crie Abbie en agitant la main. Au travail, tout le monde!

Les trois enfants glissent un bandeau orange sur leur bras, qui les identifie comme guides. Ils regardent Abbie qui parle aux visiteurs en souriant, reçoit leur argent et distribue les billets d'entrée.

— Moi d'abord, moi d'abord! supplie David alors que les premiers visiteurs s'approchent.

Maxine regarde son frère s'avancer vers eux

— Est-ce que je peux vous aider? demande-t-il.
Voulez-vous une visite guidée?

Un moment plus tard, une autre famille arrive.
Sarah prend une profonde inspiration.

— Bonne chance, lui dit Maxine. Je suis sûre
que tu vas très bien te débrouiller.

Sarah lui jette un regard peu assuré et s'avance
à la rencontre des visiteurs. Puis Maxine voit
descendre six camarades de classe d'une voiture
familiale. Et six autres sautent d'une fourgonnette
brune. Un petit groupe se forme. Comme Maxine
est la seule guide disponible, elle marche vers eux
pour les aider.

— Bienvenue au centre Animaux Secours, dit-
elle. Je m'appelle Maxine et je vais être votre
guide. Suivez-moi.

Et sa première visite guidée commence.

La journée s'écoule rapidement. Maxine
découvre qu'elle aime bien s'occuper des visites
guidées. Les visiteurs s'intéressent vraiment aux
animaux sauvages et aux oiseaux. Ils écoutent
ce que leur explique Maxine et posent beaucoup
de questions. Lorsque Maxine ne connaît pas la
réponse, elle dit qu'elle va essayer de la trouver et
qu'elle la leur donnera lors de leur prochaine visite.

Vers la fin de la journée, David s'écrie :

— Maman! Papa! Grand-maman!

Maxine et David courent les accueillir.

— Par quoi commence-t-on? demande leur mère.

Maxine les conduit devant la chambre d'isolement. Une fiche d'information et des photographies sont fixées à la porte.

— Touffi est ici, dit Maxine.

— Oh! Vous avez pris des photos! s'écrie sa mère. Maintenant, tout le monde peut voir à quoi ressemble réellement Touffi. Quelle idée merveilleuse!

Maxine leur montre la photo prise le premier jour. On y voit une Touffi minuscule et affamée. Par la suite, Maxine a pris une photo tous les deux jours. Devant leurs yeux, le petit chaton lynx grandit, de photo en photo, et ils peuvent voir que sa santé s'améliore progressivement.

— Sa fourrure semble si douce! s'exclame M. Kearney.

— Regardez ici! Ses yeux sont ouverts, fait remarquer Mme Kearney.

— Oui, dit Maxine. On peut voir aussi que ses oreilles ont commencé à se déplier.

— Et elles ont de petites touffes au bout! dit

sa mère. Et quelle adorable petite queue! La queue courte des lynx!

Chacun lit et admire les fiches d'information que Maxine a préparées.

— Maintenant, par ici! annonce David.

Maxine et David guident joyeusement leur famille vers les enclos. Ils montrent les oiseaux, puis les animaux sauvages. Chacun s'arrête et lit les affiches.

Lorsque la famille Kearney a fait le tour du Sentier des oiseaux, c'est déjà la fin de l'après-midi. En retournant vers l'accueil, David regarde sa montre.

— La journée portes ouvertes est officiellement terminée, dit-il.

La gorge de Maxine se serre. Combien d'argent ont-ils récolté? Est-ce que ça va suffire pour pouvoir continuer? À cet instant, elle aperçoit Sarah et Abbie, assises ensemble sur les marches d'entrée. Son cœur bat à tout rompre. Le bras de Sarah est posé sur les épaules d'Abbie, et celle-ci a le visage caché dans ses mains. Est-ce qu'elle est encore en train de pleurer? Oh, non! Ça ne peut vouloir dire qu'une chose : c'est la catastrophe!

Chapitre treize

Le lynx sauvage

— Qu'est-ce qui se passe? demande Maxine nerveusement.

Elle regarde le visage humide d'Abbie. Mais à sa grande surprise, celle-ci sourit à travers ses larmes.

— Tout va bien, répond Sarah en souriant, elle aussi.

— Je pleure lorsque je suis triste, mais je pleure aussi lorsque je suis heureuse! dit Abbie.

Elle essuie ses larmes et serre une Maxine toute surprise dans ses bras. Puis elle sourit aux Kearney et à la grand-mère de Maxine.

— Vous devez être la famille de Max et David, devine-t-elle. Je suis très heureuse de faire votre connaissance. Vous avez des enfants formidables!

Avant qu'ils n'aient le temps de répondre, Abbie continue :

— J'ai de très bonnes nouvelles! Je n'ai pas encore pu compter tout l'argent, mais nous en avons gagné beaucoup aujourd'hui, grâce aux billets d'entrée. Et j'ai jeté un coup d'œil dans la boîte de dons. Elle déborde presque. Je suis certaine qu'il y a assez d'argent pour que le centre Animaux Secours puisse rester ouvert, au moins jusqu'à la prochaine journée portes ouvertes!

Maxine entoure Abbie de ses bras.

— Oh, que je suis heureuse! s'écrie-t-elle. Aucun des animaux ne va être obligé de partir. On peut garder Touffi. On a le temps de lui apprendre comment prendre soin d'elle-même. Et peut-être qu'un jour, on pourra la relâcher!

Sarah et David se joignent à l'étreinte. Abbie se lève finalement en s'essuyant les yeux. Puis elle agite le doigt en direction de Sarah et de Maxine en essayant de prendre un air sérieux.

— Mais ne croyez pas que vous allez vous en sortir comme ça, toutes les deux, dit-elle. Ce n'est pas parce qu'on a un peu d'argent que je n'ai plus besoin de vous!

Maxine et Sarah regardent Abbie, pleines d'espoir.

– J'aurai besoin d'assistantes un ou deux après-midi par semaine, pour aider à nourrir les animaux et remplir les mangeoires des oiseaux. J'ai pensé qu'on pourrait ouvrir Animaux Secours au public quelques heures tous les samedis après-midi. Ça pourrait nous rapporter plus d'argent.

Les enfants retiennent leur respiration.

– De plus, chaque fois qu'un nouvel animal va arriver, il y aura une nouvelle fiche d'information à écrire. J'ai aussi pensé qu'on pourrait avoir un jour spécial pour les écoles, avec des billets à moitié prix, continue Abbie. J'aurai donc besoin de guides. Et, bien sûr, j'aimerais que Max continue de prendre soin de Touffi. Alors, vous voyez, il va y avoir beaucoup plus de travail que je ne peux en faire moi-même…

Elle examine les enfants à travers ses lunettes rondes.

– Eh bien? demande-t-elle avec impatience. Allez-vous m'aider?

– Oui! crient Maxine et Sarah aussi fort qu'elles peuvent. C'est sûr qu'on va t'aider!

C'est la fin d'une journée excitante et c'est l'heure pour tout le monde de rentrer à la maison. Mais Maxine n'est pas encore tout à fait prête à partir. Elle regarde Abbie.

— Est-ce que je peux aller voir Touffi une dernière fois avant de partir? S'il te plaît? Je promets que je ne la dérangerai pas.

Après avoir obtenu la permission d'Abbie, Maxine entre seule dans la chambre d'isolement. Elle enfile le masque et les mitaines, mais Touffi ne peut ni la voir ni la sentir puisqu'elle dort profondément. Pendant un long moment, Maxine reste debout à regarder le petit corps tacheté. Elle admire le petit nez orangé, les moustaches blanches et le museau délicat. Elle regarde le petit ventre se soulever et s'abaisser au rythme de la respiration de Touffi. Le petit lynx sursaute une fois, et Maxine se demande si Touffi rêve. Peut-être qu'elle rêve de sa vie dans sa tanière rocheuse avec sa mère et l'autre bébé lynx. Ou peut-être qu'elle rêve de ses nouvelles mamans d'adoption…

Maxine sourit.

— Tout va bien se passer pour toi, Touffi, dit-elle au petit lynx en pensée. On va s'occuper de toi. Et un jour, bientôt, tu seras de nouveau libre.

Fiche d'information
sur le lynx

Le lynx du Canada (qu'on appelle lynx tout simplement) est un félin. Il appartient à la même famille que le lynx roux et le couguar, d'autres félins d'Amérique du Nord.

🐾 Le lynx est curieux, mais très timide. Il n'est aperçu que très rarement par les humains et il ne s'approche jamais d'eux. Il vit dans des habitats diversifiés, des espaces naturels boisés aux zones herbeuses. Il aime les endroits rocheux où il peut s'abriter et élever ses petits. Le lynx ne peut pas se déplacer facilement dans la neige profonde, et c'est pour cette raison qu'il ne s'établit pas plus haut que dans le sud du Canada.

🐾 Le lynx est carnivore, c'est-à-dire qu'il ne mange que de la viande. Il se nourrit habituellement de petits animaux, comme des oiseaux, des lapins, des lièvres et des souris. Il consomme aussi des caribous, des serpents à sonnettes, des écureuils volants, des poissons, des escargots et des insectes.

❧ Lorsqu'il chasse, le lynx peut traquer sa proie jusqu'à ce qu'il soit assez près pour pouvoir l'attaquer. Il peut aussi se cacher et attendre à l'entrée du terrier de petits mammifères. Il peut patienter jusqu'à 45 minutes. Lorsque la proie apparaît, il lui saute dessus et la prend au piège.

❧ Un lynx adulte a environ deux fois la taille d'un chat domestique. Son pelage est brun doré (brun rougeâtre en été et brun grisâtre en hiver) avec de nombreuses taches noires. Ses pattes brun doré ont des rayures horizontales noires. Il a une collerette de fourrure striée. Ses oreilles pointues se terminent par de longues touffes de poils noirs.

❧ Les lynx vivent seul, sauf lorsque la femelle élève ses petits. Le lynx mâle n'apporte aucune aide dans l'éducation des jeunes. Ceux-ci quittent leur mère vers l'âge de neuf ou dix mois.

❧ Le lynx a un cri perçant. Lorsqu'il est menacé, il fait entendre une espèce de bref aboiement qui ressemble à une toux.

❧ Le bout de sa courte queue est noir et la queue elle-même est blanche en dessous. Cette coloration peut se révéler très pratique pour la maman lynx. Lorsque ses petits sont à la traîne derrière elle, elle s'arrête et agite sa queue. Ses chatons voient le signal blanc et se dépêchent de rattraper leur mère!